AF357909

1891 Avril 13

TABLEAUX

ET

AQUARELLES

par

Amédée Rosier

Vente du Lundi 13 Avril 1891

Hôtel Drouot, salle n° 5

A trois heures précises

Exposition publique

Le Dimanche 12 Avril 1891

De une heure et demie à cinq heures et demie

IMPRIMERIE MAULDE et RENOU

—

A MAULDE & Cie

IMPRIMEURS DE LA COMPAGNIE DES COMMISSAIRES-PRISEURS

Rue de Rivoli, 144

Tableaux et Aquarelles

13748

IMPRIMERIE A. MAULDE ET Cie

RUE DE RIVOLI, 144 — PARIS

CATALOGUE

des

Tableaux et Aquarelles

par

Amédée Rosier

Dont la vente aura lieu

Hôtel Drouot, salle n° 5, le Lundi 13 Avril 1891

A trois heures précises

Par le ministère de M° Léon TUAL, commissaire-priseur,
56, rue de la Victoire

Assisté de M. P. DETRIMONT, expert,
35, avenue de l'Opéra

Exposition publique

Le Dimanche 12 Avril 1891, de 1 heure 1/2 à 5 heures 1/2

PARIS — 1891

Conditions de la Vente

Elle aura lieu au comptant.

Les acquéreurs payeront cinq pour cent en sus des enchères.

Tableaux

—

1 — *L'Entrée du grand Canal à Venise : Effet de lune.*

> Haut. 0^{m}22. Larg. 0^{m}28.

2 — *Le Quai des Zattere dans la Guidecca.*

> Haut. 0^{m}23. Larg. 0^{m}31.

3 — *Venise le matin.*

> Haut. 0^{m}27. Larg. 0^{m}38.

4 — *Venise vue de l'Église Saint-Georges.*

> Haut. 0^{m}32. Larg. 0^{m}24.

5 — *La Piazzetta à Venise.*

> Haut. 0^{m}24. Larg. 0^{m}33.

6 — *La Douane de mer à Venise : Soleil couchant.*

Haut. 0^m32. Larg. 0^m22.

7 — *L'Église Saint-Georges à Venise : Effet de lune.*

Haut. 0^m28. Larg. 0^m36.

8 — *Le Quai des Esclavons à Venise.*

Haut. 0^m28. Larg. 0^m37.

9 — *Vue de Venise.*

Haut. 0^m23. Larg. 0^m32.

10 — *Le Stationnaire dans le port de Venise.*

Haut. 0^m35. Larg. 0^m24.

11 — *L'Église Saint-Georges à Venise : Lever de lune.*

Haut. 0^m22. Larg. 0^m34.

12 — *Venise le matin.*

Haut. 0^m24. Larg. 0^m31.

13 — *Barques de Chioggia : Port de Venise.*

Haut. 0^m22. Larg. 0^m34.

14 — *L'Église de la Salute vue du canal Saint-Marc.*

Haut. 0ᵐ27. Larg. 0ᵐ. 19

15 — *A Venise.*

Haut. 0ᵐ24. Larg. 0ᵐ33.

16 — *Le Jardin public à Venise : Effet de nuit.*

Haut. 0ᵐ42. Larg. 0ᵐ29.

17 — *Dans la Lagune à Venise.*

Haut. 0ᵐ36. Larg. 0ᵐ60.

18 — *Le Paquebot des Indes devant Venise.*

Haut. 0ᵐ70. Larg. 0ᵐ56.

19 — *Barques de pêche à Venise.*

Haut. 0ᵐ73. Larg. 0ᵐ59.

20 — *Venise le matin.*

Haut. 0ᵐ72. Larg. 1ᵐ09.

21 — *L'Entrée du Grand Canal à Venise.*

Haut. 0ᵐ25. Larg. 0ᵐ34.

22 — *L'Église Saint-Georges à Venise : Crépus-*
  cule.

      Haut. 0ᵐ35. Larg. 0ᵐ24.

23 — *Dans la Lagune à Venise.*

      Haut. 0ᵐ15. Larg. 0ᵐ23.

24 — *Au Lido : Environs de Venise.*

      Haut. 0ᵐ15. Larg. 0ᵐ23.

25 — *La Douane de mer : Effet de matin.*

      Haut. 0ᵐ23. Larg. 0ᵐ15.

26 — *Dans le Grand Canal à Venise.*

      Haut. 0ᵐ23. Larg. 0ᵐ14.

27 — *Venise. Vue du Quai des Esclavons.*

      Haut. 0ᵐ15. Larg. 0ᵐ23.

28 — *Dans le Grand Canal : Temps gris.*

      Haut. 0ᵐ23. Larg. 0ᵐ15.

29 — *Soleil levant à Venise.*

      Haut. 0ᵐ35. Larg. 0ᵐ26.

30 — *Venise vue de la Lagune.*

> Haut. 0m32. Larg. 0m45.

31 — *Le Port de Venise.*

> Haut. 0m32. Larg. 0m39.

32 — *Le Jardin public à Venise : Effet de soleil.*

> Haut. 0m29. Larg. 0m43.

33 — *Venise : Crépuscule.*

> Haut. 0m25. Larg. 0m32.

Aquarelles

—